奔走在金融街的地蛋

张贻伦

著

作家出版社

目 录

岁月有痕

吾心安处

情见乎辞

写诗是我流泪的方式

我的诗集，确切地说是第一本诗集，就要出版了！我特别高兴，也特别忐忑！高兴的是，我终于也出版了诗集！忐忑的是，我居然也出版了诗集！

我高中分在理科，大学本科学的是土木工程，研究生读的是民商法学。工作后一直从事金融工作，先后在证券公司、投资公司、信托公司和商业银行就职。作为一名山东男人，虽然不敢说自己是"大汉"，但看起来绝对与清秀细腻无缘，所以我自号"滕州地蛋"。过去15年，我这块地蛋一直奔走在北京金融街。

很多人也许纳闷，一位大龄金融理工男是如何写起诗来的？写诗，对我来说意味着什么？我的诗主要写些什么呢？

最初只是偶然

30年前，也就是1993年9月，我和绿皮火车一路"咣当"着，沿京沪铁路从山东枣庄，穿过泰山，越过黄河，来到北京。继而，在火车站换乘学校"迎新"的大巴，从清华南门顺着南北主干道直达东大操场。我和清华大学93级的同学们一起，终于如愿走进清华园。

作为一名理工科学生，我的作文一向写得不错，在大学校园里的各种新鲜和绚丽中可能想过写诗，但是肯定没想过将来会出诗集，做诗人。

事实上，大学生活开始不久，我即写下一首小诗，名为《启航》。那时清华几乎每个班级每个学期都会出一期班刊，由班里字写得好的同学手工书写并复印多份后张贴在教学楼的走廊里，展示班级文化。这首诗，就是我们班第一期班刊的刊首语。年底我又把它抄在贺卡上寄给我的一位友人，20年后这位友人把贺卡的复印件送给我，使之成为现在可以看到的我最早的诗作：

> 这是风和日丽的一天
>
> 我们的船扬起了帆
>
> 我们启航了
>
> 去拥抱
>
> 向往已久的那片蔚蓝
>
> ……

记忆中，后来我在校园里类似的场合又写过几首诗，遗憾的是都没有留存下来。研究生毕业后参加工作的数年里，我一直没怎么写诗，直到 2005 年和一个异性网友在北京知春路上的一家肯德基餐厅里初次相见。

那是一个美丽活泼而且富有才气的女孩。她在介绍自己时提到爱好书法，毛笔字写得不错。我就请她写几个字看看。她说：写什么呢？我说：我喜欢写作，我写一首诗给你，你再写给我吧！我们随便聊着天，没多久我就酝酿出来一首，用手机短信发给她。她拿出笔在肯德基柔韧的餐巾纸上写下来，非常刚毅有力，很难想象出自一个纤弱的女孩之手。当然，她也盛赞了我的诗：那么短的时间，写得还真不错！

> 你，是一只调皮的鲨鱼
>
> 我，是恣意汹涌的海浪

那以后我和她好像没有再见，我好几年也没再写过什么诗。

2009 年夏，我当时的女朋友，也就是现在的妻子，过生日。我为她精心准备了一份礼物，并附一张贺卡，上面写下了我的另一首诗：《从荆楚到齐鲁的红豆》。

2016 年 12 月底，我到美国密歇根大学安娜堡校区访学。2017 年 8 月底回国，告别密大的时候，模仿当年徐志摩游学剑桥大学后而作的《再别康桥》，写下《作别安城》：

……

依依地我走了

正如我依依地来

我理一理行囊

带走所有的精彩

行文至此，我想告诉大家的就是，从1993年到2017年，我仅仅写了上面四首诗，至少现在能够看到的只有这四首！虽然对文字一直都非常敏感和热爱，也写过其他一些自己还觉得满意的散文发表在《人民日报》（海外版）、《中国教育报》等央媒上，但在这24年间，写诗对我来说的确是非常偶然和自发的事情。

从自发到自觉

然而，也就是从2017年创作《作别安城》之后，我忽然意识到自己可以写诗啊！于是开始主动阅读、学习和锻炼。写诗渐渐成为我生活的一部分，当一名诗人也成为我心中的目标。五六年下来，奔走间不觉积累了几百首诗作。

有人会问，一个理科生，一名金融人，一位中年男士，怎么会爱上写诗呢？印象中，写诗不是年轻人、文科生的游戏吗?

我也自问:我为什么写诗呢?

2019年年底,我从北京回到家乡,路过高中母校滕州一中的门口,适值下午放学,看见信步走出的学弟学妹们一张张青春的面孔,遥想自己奋斗的当年,不禁感慨万千,泪眼婆娑。一首诗在心中瞬间升腾而起,分明地告诉我:写诗,是《我流泪的方式》。

人到中年,青春已逝,再没有年轻时候的冲动与痴狂,但是由于年龄和阅历的增加,有了更多的感触和思考。怀念过去,感恩时代,行走山河,亲爱家人,有太多的情要抒,太多的话要说。

我最开始写过一段时间的博客,长篇大论居多。后来也热衷一阵微博和今日头条。现在,固定在微信朋友圈和公众号。微信朋友圈和公众号里发文章没有篇幅限制,不过一般都是在手机上打字,手和眼睛着实辛劳,自然是希望字数越少越好。这是信息时代,这是速读时代,无论是从作者还是读者来看,以精炼为要的诗歌,无疑是最经济的。我的很多诗,就是在通勤的地铁上、出差的航班上一蹴而就的。一首首诗,记录下生活中的点点滴滴。

诗以其短小精悍,成为我抒发情怀、表达思考的最爱。说真的,我爱死写诗了。它简直是微信时代、抖音时代最好的表达。浓缩精炼、跳跃含蓄、要言不烦、微言大义是诗的特点。字字珠玑中，春秋笔法信手拈来。它码字不多，仿佛先天或后天性四肢不勤者的私人订制，不像小说，尤其长篇小说要披肝沥胆呕心沥血。更重要的是，一个写诗的人什么都不耽误。像我，只要地铁通勤的时间就够了。一个真正的诗人，可以并且应该投入地生活、工作。因为，功夫在诗外。

对一切爱得深沉

诗人艾青1938年在《我爱这土地》中写道：

为什么我的眼里常含泪水？
因为我对这土地爱得深沉……

写诗是我流泪的方式。流泪可能因为怀念或者期待，因为愧疚或者感恩，因为惆怅或者兴奋，而这一切的一切最终都是因为爱。流泪是我爱的表达。

为什么我常常有诗要写，有泪要流？因为，我对生活中的一切爱得深沉。因为爱，所以有太多的感触和思考，需要抒发和表达。

2022年春天，在北京枣庄商会微信群里，我几乎在瞬间创作出一首短诗——《枣》，献给生我养我的枣庄故乡，献给我深爱挚爱的枣庄人民。

《心中总有锦云腾起 ——为故乡滕州而作》一诗原名《故乡的云》，更是我 2020 年初在从金融街下班回家的地铁上一气呵成。

我在《故乡的味道：滕州四大名吃（现代诗四首）》中如数家珍地列举了故乡的羊肉汤、辣子鸡、猪头肉和菜煎饼等美食，在《滕州的吉祥三宝（现代诗三首）》中对滕州的地蛋、大葱和大白菜赞不绝口。

父亲年过 50 才有了我，我是父亲最小的孩子。今年春节，我教儿子包饺子，想起高一过年和父亲一起包饺子的情形。想来那时他老人家还只有六十七八岁，身材魁梧瘦削，硬朗得很。距离他后来卧床不起还有七八年，说起来正是享福的日子。可是父亲为四个儿女操持完成家，还有一项浩大的工程，而且很漫长，就是继续节衣缩食给我打造一副钢铁翅膀，让我飞到北京，飞到上海，越飞越远。直到 13 年后他去世，我 30 岁了还在上海北京之间飘忽。他最疼爱、眼里最有出息的儿子，什么都没能给他，除了骄傲。

2019 年底，我出差到五台山，站在雪后的山顶，想起父亲去世的那个冬日，想起他以微薄的退休金供我上高中读大学，我却从来没有带他到北京上海我学习工作生活的地方走走看看，更不能让他看一眼我今天的幸福。心中沉重的愧疚催生了《向日葵的忏悔》。

也正是因为父亲对我无限而无私的爱，让我深感自己对儿子的责任。父爱如山！我是儿子，我知道父亲的恩情如山重，如山高！我是父亲，我知道父亲的责任如山重，如山高！也就有了《吾儿，为父是一棵树》。

当然，还有很多对生活的热爱。工作日的中午，躺在折叠床上的短暂小憩，体会到生活的无限美好，《失重的幸福》应运而生。

路边小店里，一碗螺蛳粉让我看到日子的色彩斑斓，便创作了《螺蛳粉，与佳人共享》。

在健身和减肥过程中的心得，更让我觉得几十年的饭都白吃了，有必要《和食物谈一场恋爱》。

我家和地铁站之间要骑一段共享单车，上了地铁要换乘两次，单程55分钟，往返近两个小时。写诗成为我上下班途中，远离身边嘈杂和喧嚣的隔板，通往宁静和喜乐的隧道。

为家国和时代而歌

诗到底要写什么？怎么写？我在努力地探索。有的人用生命写诗，有的人用键盘写诗，有的人用口水写诗。有的诗是奶酪，有的诗是奶浆，有的诗只是奶分子。有的人出口成诗，有的人每日一诗，有的人诗作等身——生活只是皮影，他们随时可以脱下来，用文字任意涂抹。

不管怎样，我坚持主旋律、正能量、个性化和真性情的写作，希望自己的诗——如果它们能够被称为诗的话，给世界带来一些积极有益的思考。有一位诗人，说我的诗很真，确切地说是"三真"，即取自真材实料，发自真情实感，源自真知灼见。有很多人说我的诗很接地气，非常生活。我写了很多乡土诗歌，写过《滕州的羊汤》《滕州的地蛋》，就有人叫我"羊汤诗人""地蛋诗人"。我的笔名叫阿伦，网名叫阿伦哥，后来我又加上自号"滕州地蛋"。

　　这本诗集，也是我的第一本诗集，经过再三斟酌，书名定为《奔走在金融街的地蛋》。地蛋是山东滕州方言，就是土豆、马铃薯。我觉得"地蛋"，能很好地代表我，还有我的诗。虽然我毕业于名校，从事金融行业，但是和地蛋一样，我来自农村，源于土地，埋头生长，朴实无华。说不上棱角分明，但绝对不算圆润。虽然看起来粗犷笨拙，但是价格便宜量又足，饭菜两宜，非常亲民。我坚信只有乡土的才是民族的，只有民族的才是世界的。根据读者的反馈我也充分感受到，那些乡土诗作，比如写滕州美食辣子鸡、猪头肉和菜煎饼的诗，往往能引发更多更大的共情和共鸣！从这个角度来看，我也不认为诗像有些人主张的那样是晦涩的，难懂的，莫名其妙的。

　　没有人能在自己赚到的钞票上逐一签名，更无从在身后片刻拥有。即使在信奉私有财产神圣不可侵犯的西方国家也不例外。而诗人，却可以在自己的每一首诗里写下自己的名字，直到永远。

我们有幸生在今日之世界，面对百年未有之变局。我们有幸生在今日之中国，身处千年未有之盛世。文章千古事，得失寸心知。我将以我心，以我诗，为家国而歌，为时代而歌！

2019 年 10 月 1 日，和家人一起在电视机前观看国庆70 周年阅兵游行，我兴奋不已，情不自禁地写下《国庆阅兵游行观感》。

......

"为什么我的眼里常含着泪水

因为我对这土地爱得深沉"

为什么我的心里总涌着春潮

因为祖国对我爱得如此真切

中国是诗的国度。唐诗，留下唐朝的璀璨！宋词，留下宋代的辉煌。几千年的风霜雨雪，道不尽的沧海桑田。中国再次回到世界的中央，历史正在续写崭新的篇章。我们身处伟大的时代，需要诗人去歌唱。

我在微信朋友圈和公众号里发表诗作，感谢点赞的朋友。他们每一次轻轻地点过，我都记得。那些赞，让我渴求的心感到自己卑微的价值。今天，我的诗集能够出版，我尤其感谢先后给我指导、帮助和支持的诸位良师益友。我还要感谢我的儿子、妻子、老娘……他们是我坚持的力量源泉。一本小小的诗集未必能发出多少光。不过里面也许有些炽热的诗句，有些真诚的文字，可以穿透时间。

最后，我想说：这是诗的时代，愿每一个人都活成一首诗！

2023 年 10 月 19 日晚北京金融街

行走之间

元宵探幽

撩起帘子

月光从窗户寻进来

照亮智者的思绪

红茶氤氲着红颜

红酒激荡着红尘

像兵马俑一样凝神倾听

只求一番开示

唤醒在伫立中沉睡两千年的灵魂

心飘了那么远

夜色遮蔽了返程的路

走了好久

才回到侧身的地方

2018 年 2 月　西安出差

重读长城

你在广原袤谷上逶迤

你在崇山峻岭里蜿蜒

你是父亲尖锐的戈矛

你是母亲温暖的臂弯

你是秦皇彪悍的战车

你是魏武遒劲的长鞭

你残破的台阶是散落的竹简

也许我们曾经误读深邃的语言

你横亘的身躯从来不是憧憬的尽头

你厚重的墙体从来不是梦想的边缘

你从来也不是分割草原和农田的藩篱

你从来也不是限制开疆与拓土的锁链

你是飘逸的青色哈达

你是俯卧的汉使节杖

你每一个垛口都是向外眺望的眼睛

你每一处烽燧都是致力远航的帆船

从嘉峪关的第一墩到山海关的老龙头

你的指向分明是遥远的西方，还有大洋的彼岸

看呐，在你的呵护和领引下

商队络绎的丝绸之路与你比肩

清脆的驼铃唤醒沉睡的大漠

稀疏的胡杨攀爬静寂的壕堑

郑和七下西洋

在碧波万顷的海面上

画下殊途同归的弧线

几千年的风霜雨雪

道不尽的沧海桑田

中国再次回到世界的中央

历史正在续写崭新的长篇

再次贴近读你

希望盛世辉煌

焕发你新的容颜

2018 年 5 月　北京古北水镇

从夕阳开始，还拥有整个夜晚

夕阳和朝阳没有什么不同

一个在东方

一个在西方

一个让人无限期待

一个让人倍加珍惜

错过了朝阳

失去了正午

也不必哭泣

从夕阳开始

还拥有整个夜晚

2018 年 6 月　南昌出差

作别安城 ①

安城九月，忙碌中多有欢愉，美好间不乏遗憾。谨以此诗，聊作纪念。

依依地我走了

正如我依依地来

我眨一眨眼眸

搜寻往日的精彩

传说中的寒冷

挡不住殷勤的问候

那些匆匆掠过的浮云

那些悄悄飘落的新雪

同是来自大湖 ② 的洁白

---

① 安城：指美国密歇根州安娜堡市，密歇根大学主校区所在地。

② 大湖：安娜堡市处于五大湖区的南方。

休伦河从冬眠中苏醒

在阳光下慵懒地流淌

和风习习撩起粼粼的水面

涟漪轻轻吻湿长长的草岸

岸上更是无边的娇艳

松鼠或是夏日的主角

精灵般在绿色中求索

古老的橡树安详地伫立

仿佛故园年迈的祖母

默然守候着罗斯①的黄昏

最爱漫步当堂②的主街

偶尔觅食几家别致的小馆

久久端详来自万国的菜肴

就像窗外卖艺的非裔小伙

弹唱里满是无限的欢快

依依地我走了

正如我依依地来

---

① 罗斯:Ross,密歇根大学商学院,又名罗斯商学院,University of Michigan's Ross School of Business。

② 当堂:Downtown,市中心。

我理一理行囊

带走所有的精彩

2018 年 11 月 1 日　北京金融街

冰冻的行者

我说，我那么远来看你
你却如此冷峻
你说，那只是厚重
为了拥有更多的坚强

我说，我那么远来看你
你却如此感伤，
你说，那只是沉默
为了更加专注地流淌

我说，我那么远来看你
你却无话可讲
你说，你只是想起了雪山
还有草原上的滥觞

原来，我走了那么多的路
却只是过客

你才是行者

不忘初心，怀着远方

     2019 年 1 月　隆冬出差包头，黄河岸边

每一片飘落

春节甫过，与家人游颐和园，观雪有感

曾经也是一簌新雪

在成吉思汗的须发上凝结

跨越乌拉尔山的脊背

藐视多瑙河的辽阔

曾经也是一簌新雪

在努尔哈赤的马蹄上包裹

踩踏辽东半岛的峰峦

叩问山海关的锁钥

如今只是一抹残雪

在昆明湖的冰面上躺卧

与沉淀的泥淖私语

与扶摇的云天对歌

在正午的明净中礼拜佛香

在黄昏的暗淡里亲昵西山

享受着阳光的温暖

却也一天天地萎缩

此生何处不是飘落

飘落何处不是寄托

纵是春来

波光粼粼中眨闪的眼睛

微笑里没有寂寞

2019 年 2 月 16 日　颐和园

杭城的秋

空气里桂花的味道在藏匿

时有时无

有也是淡泊如菊

还有宋城小白的裙摆摇曳

若隐若现

现也是缥缈如烟

只有阳光真实地普照

煦暖而不吝

驻足，凝神

甩出一套八段锦

伸展收缩，吞吐吸纳

切莫等秋风萧瑟天气忽凉

切莫等草木摇落白露为霜

负了好时光

杭州，沙扬娜拉

2019 年 10 月 16 日　出差杭州，返京高铁

我自去见山

王莽岭，因西汉王莽追赶刘秀至此安营扎寨而得名，是南太行的最高峰。其云海、日出、奇峰、松涛、挂壁公路、红岩大峡谷、立体瀑布，形成了八百里太行最著名的自然景观。毛泽东秘书、当代诗坛领袖李锐畅游景区后曾赞道："不登王莽岭，岂识太行山。天下奇峰聚，何须五岳攀。"我于立冬次日游之，作诗以记。

生在山东

去过山西

终于来到这山上

冬天初至，秋天还未尽去

缠绵在向阳的山坡上

该落的叶子落了，不该落的依旧苍翠

野棉花像白色的雏菊

和山坳里的羊群一起，难以分辨

有云，没有海

有神龟，还有仙驼

在远处翘首以待

路转过来，才见它们潜藏的身躯

壁立万仞

给栏杆内数步的我，阵阵寒意

峰峦之间，刘秀曾经纵身一跳

从平民到帝王

推心置腹，乐而不疲

还天下一个盛世

愚公移去了大山

后人开凿了挂壁路、红旗渠

和那些崖柏一起攀援

以不懈的执拗

让所有的智者无言

风霭中传承着痴顽的基因

是身体里无处不在的双螺旋

一直欢喜做个山东人

从今天起

更多欢喜

依傍在这山的东边

2019 年 11 月 9 日　太行山

爱晚红叶

爱晚亭旁，一枚别致的枫叶

在层林中，低调深藏

凉风与它私语

乍现，一脸嫣红的羞涩

看它手指纤纤

调皮地拨弄着阳光

看它纹路浅浅

好奇地摸索着山霭

秋寒下

单薄的身体自有一番刚强

江水碧透，缓流无语

只是耐心地张望

等它枝头倦了

可以捧着，漂往远方

2019 年 12 月 10 日　冬日家中

一炷清香拂喧嚣

隆冬，又一次来到五台山
周身流淌着羊汤的温暖
到处刚硬
心却出奇柔软，酥油一样

雪后初霁
早晨的台上还在禅定中没有醒来
晓月和新雪冷冷地对视
五爷庙里的金身文殊，高大魁梧
和遥远而渺小的星辰一样
是信众心里磐石般的敬畏

真容寺，从盛唐走来
宛如一首怀古七律，恢宏而工整
梵音中

小心翼翼采一簇绒雪

带回尘世

留作添香夜读的书签

2019 年 12 月 19 日　山西五台山

没有黄鹤只有楼

昔乘黄鹤，子安还是费祎？

倏忽间，杳然无踪

楼宇空空，凭江伫立

一番凝然沉思

聊忆小乔初嫁公瑾，雄姿英发

还是隐者道骨仙风？

又一番翘首期待

恭候崔颢登临轻吟

还是李白搁笔长叹？

黄鹤一去不返，决绝

如江水东流

白云亘古如一地卷来舒去

是不变的依恋还是无为的飘逸？

晴空下，汉阳平川

尼德兰般的低地

株株秀木，伊人可见

鹦鹉洲上，祢衡曾经放浪

青草碧绿，狂士的异香依旧

故乡如斯，斯非故乡

天色晚矣

江雾如烟，烟如愁思

笼着波面

和漂泊的心

2020 年 2 月 6 日　北京家中

枫桥夜泊（古诗新作）

劝慰多时的残月

只好疲惫地去了

没能带走我心中的一丝愁绪

乌鸦晓事般无奈地哀啼

又唤起满腹的悲凉

这悲凉如寒霜

氤氲眼前，弥漫世间

江边枫树下，点点渔火是困倦的眼

和我一样无法入眠

姑苏城外，寒山古寺

乱离中的化外之境

高高的藏经楼

能否暂置我一身烦忧？

夜半钟声蓦然响起

似为度我而来

也好也好，只问佛陀

枫桥是我今晚的泊船之地

何处是我此生的容身之所？

2020 年 2 月 6 日凌晨　出差途中

奥林东路上的礼拜

打开窗户，关上音乐

最喜欢的一段路到了

我要敬虔地礼拜

匍匐的心和滚动的车轮一起长跪

奥林匹克森林公园似乎一望无际

没有红灯，车辆稀疏

它像一颗守身的蚌珠

深海中了却尘世

夹道的花木探身迎过来

喜欢她们天空下的各种旖旎

生长中的气息，盛开时的体香

甚至凋零后的静寂

我是一条涸泽之鲋

攫取和占有支配着黎明黄昏

只在此刻，睁开全部的肺泡和毛孔

倾听细雨的淅沥

每次载着妻儿驶过

总会说，这是我最喜欢的路

有些路很长

有些路太短

2020 年 4 月 18 日　北京奥林东路

行走之间

与自己对视

久违了，奥森公园

疫情凶猛，别来无恙

我们在尘世中蒙福

并皆平凡而安好

每一片翠绿的叶子

都像眉眼，充满等待的渴望

我用脚步

轻叩方才立秋的晨曦

在清风里聆听兴奋的心跳

血液澎湃

拍打沉重的肉身

如海浪簇拥着迟钝的航母

奔跑是与自己的对视

不必追逐

也无需计算

只要循着节奏

在宁静与嘈杂之间

欢喜，又一个五千米

不是终点

心怀远方的人

永远在路上

2020 年 8 月 9 日　北京奥森南园

北二环护城河

喜欢这段护城河

清澈、幽深

在忙碌的北二环边上

静静地淌着，或者只是躺着

那些高大坚固的城墙

它曾经紧紧地依傍

却早已不知所终

只有柔软的它

依旧优雅地玉体横陈

看起来水波不兴

又似乎心事重重

沉淀了多少正史

溶解了多少传奇

好想蹚过满地的六便士

就着月光

垂下丝纶和钩饵

不为钓鱼

就想一窥

它心底的记忆

2020 年 9 月 30 日　北京地铁

一条叫"清"的河流

无视严寒

夜跑依旧

我固执地一直用脚掌

感受路的冷漠与僵硬

最后一段傍着清河

在朝阳和昌平之间

水不宽，更不深

它有限的胸怀

隆冬之下全无招架之力

河的尽头当然不是海

源头也未必是山

我最近才知道它的名字

就是这样一条不起眼的河流

居然也那么在意别人怎么叫它

2021 年 1 月 31 日　北苑夜跑路上

泰山的担当

在齐鲁大地

更在齐鲁之先

勃然耸起，昂首天外

坚毅的目光从东海

掬起中国的每一轮朝阳

交付峰峦与江河

苍劲之躯直达帝座

封禅的君王

一如浮沉众生

敬虔地拾级攀爬

聆听，抑或呼求

从山脚到山巅

古松和碑碣是散落的典故

黄河如带

碧野如织

耳际，孔子一遍遍嗟叹

无意争高昆仑

亦不与华岳论险

横亘四百里

只做一方石敢当

为家国平安守望

2021 年 4 月 21 日　疫情居家

不和水母纠结

除了南极和北极

就是你

矗立在那里

向天空倾吐孤寂

有人说，你貌似高大

只是幸运

站在青藏高原的肩上

有人说，你虽然巍峨

依旧虚荣

戴一顶厚厚的帽子

你为什么不争不辩

告诉他们

植根深处

地壳挤压的胀痛

你为什么不哀不怨

告诉他们

昂首天外

冰雪覆盖的苦厄

"长自己的个儿

让别人去说吧

几千万年前

如果我和水母纠结

这里还会是海洋，一片辽阔"

2021 年 12 月 21 日冬至　北京金融街

蓝色冰洞

古书泛黄

如陈旧的卡式磁带

"上士闻道，勤而行之；

中士闻道，若存若亡；

下士闻道，大笑之。"

低沉言罢

老子无奈地摇头

嘈杂像北风

从朋友圈汹涌而来

是愚昧人的讪笑

真正的智者踔厉前行

更多人的怀疑

也只像冬日的荒野

慵懒地消费阳光

满眼的冷漠

还有虚伪、偏颇

绝不能随波逐流

坚信就要坚持

极地雪原

孤独的蓝色冰洞

多少生命，仰其鼻息

2022 年 12 月 12 日　北京家中

早安，杭州！

久违了，小囡囡
恨别千日
终于再晤温婉的你
我们如何兼程
才能找补错失的静好？

一式三维运动功
掸去仆仆风尘
五千米山地慢跑
给你四个热烈的熊抱
更有一万下温柔的轻抚

跨越遥远的
从来不是速度和激情
触摸永恒的
只是时间和耐心
早安，杭州！

2023 年 3 月 6 日晨　杭州出差

岁月有痕

曾经如此放肆地纳凉

一杯清水

两只脚丫

惊魂甫定

喧嚣中回味即逝的美好

记得吗

那个初夏

不，也许只是晚春

我们曾经一起羞涩地远足

汗津津地回到安静的教室

我也是如此放肆地

——纳凉！

2017 年 9 月初中同学聚会后　滕州高铁站

再没有恐龙的宏大

每一个黎明

都渴望有更多的坚持

能做完一套缓解腰痛的瑜伽

每一个早晨

都渴望有更多的从容

能挤上通往金融街的城铁

每一个中午

都渴望有更多的果断

能面对吃饱还是吃好的纠结

每一个晚上

都渴望有更多的耐心

能教会儿子几个简单的汉字

每一个深夜

都渴望有更多的宁静

能搜寻那些逐渐远逝的美好

每一个……

这就是

一个中年男人的生活

再没有恐龙的宏大

只剩下蚂蚁的琐碎

2017 年 10 月　北京金融街上班地铁

我与我周旋久

2017 的最后一天

我改掉微信的名字

不再是温文尔雅的阿伦

也不是欢乐开怀的好伦哥

我不再相信文质彬彬

不再相信温情脉脉

就像北京的大龄女孩不再相信爱情

中国的买房人不再相信调控

正值灿烂的时候从未灿烂过

不应该再困惑的年龄却依旧困惑着

快感全是书的抚摸

高潮只有诗的写作

渴望驻足怀旧，更需要奋足前行

无意议论他人，更不能沉沦自己

我选择抡起来，抡起我的拳头

廉颇老矣，尚能抡也

苍天在上

耶和华依旧坐着为王

俯视和垂听一切

我要抡起来，让公义怒吼

我要抡起来，让撒旦颤抖

我要抡起来，让奋斗丰收

2018，我要抡起

抡起我的拳头

2018 年元日　北京家中

曾经自以为是的青春

一座平桥

一座拱桥

绿荷傲娇地簇拥着

静水深沉地环绕着

草地上总会有蹩脚的吉他

弹拨着虚假的忧郁

林荫下也常见熟稔的歌声

演唱着真实的欢乐

石凳上一对对久坐的情侣

耐心地等待日落

不顾多少双亲密依偎的肩膀

看似无心地走过

枝繁叶茂的荒岛哦

竟如此丰美肥沃

无数自以为是的青春

曾经肆意地洒落

2018 年 3 月　出差高铁

九十九分生命用来漂泊

一杯杯酒浆

汇成滚烫的涓涓小溪

淌过你，淌过我

淌过过去，淌过现在

思绪是一只小脚丫，一只大脚丫

在时间里互相抚摸

身体早已被陌生霸占

熟稔一直流离失所

不要像鸵鸟一样

从过去的窗户探头张望

那里一无所有

除了广阔

明天不过是无限重复的谎言

我只珍惜和自己拥抱时的点滴温暖

故园老迈的亲娘，原谅我

只把一分生命还给你

那剩下的全部

另外的九十九分

我要用来漂泊

2018 年 4 月　　北京家中

穿越奋斗的从前

每一次杯盘狼藉觥筹交错的时候

都会想起三十多年前的那个乡间少年

那个吃着陈干粮喝着白开水的嶙峋少年

那个蜷缩在工地库房一角

或者趴在人家窗台外的苦读少年

多想戏谑也是最真诚地对他说：

嗟，来食！

他的眼睛里没有困苦

却满是自信、坚定和乐观

就像我的眼睛里没有快乐

却满是纠结、忧虑和疲倦

　　　　2018 年 4 月 28 日　　北京金融街上班地铁

那些年，我们一起走过清华园

那一年

我们如愿走进清华园

带着简单的行李

和满脸的稚气

近视的眼睛看不懂

因为申奥失败而破碎的酒瓶玻璃

开始想家的晚上

空荡荡的宿舍走廊里

熟悉的歌声一遍遍回放

年轻的心

经历高考后的第一次惆怅

那些年

我们走在清华园

每一个春天

主干道的杨树都在许久的等待后蓦然变绿

每一个夏天

荷塘的夜色都在蛙声中点缀着莲蕊的暗香

每一个秋天

二校门前的银杏都会如约般染上鹅黄

每一个冬天

荒岛的湖面都会成为情侣们欢乐的冰场

那些年

我们走在清华园

总是想占到老馆或新馆靠窗的座位静静自习

总是为英语课上听不懂的单词和句子暗暗着急

总是在熄灯后为课代表催交的作业阵阵发狂

总是在期末考试前的晚上哀求着老师苦苦答疑

那些年

我们走在清华园

常常在东大西大的操场上高喊着奔跑

常常在夏天冬天的水房里尖叫着冲凉

常常为周末贪睡依然吃到的油饼窃窃惊喜

常常为夜里晚归铁链锁上的楼门愤愤不已

那些年

也曾经虔诚地到天安门广场瞻仰升旗

却在国歌将要奏起的时刻捂着肚子四下寻觅

也曾经在圆明园的湖面上开心地荡舟划船

却为失手折断的木桨担忧罚款而意兴阑珊

也曾经骑着单车去清河岸边烧烤

吃到半生不熟的鸡翅还有沙子和泥

也曾经远远地观看庆祝香港回归的演出

在大礼堂的草地上疯狂地欢呼和拥挤

那些年

我们走在清华园

男多女少的现实远没有老狼唱得甜蜜

黑夜睡在我上铺的兄弟

也是白天同桌的你

暗暗喜欢选修课上的文科女孩

却始终不知她的姓名和班级

即使毕业时分最接近初恋的姑娘

也从来没有吻过她粉红的面庞

那一年

我们走出清华园

带着散伙饭上的伤感和醉意

更有挥斥方遒的满腔豪气

憧憬着从虫到龙的传说

期待早日成为神奇

二十年后

让我们再次走回清华园

挽着我们的孩子

也揽着我们的妻

带他们去寻觅那时的迷茫和困惑

追忆我们奋斗的往昔

对他们述说那时的敏感和脆弱

回眸我们青葱的自己

一声有力的叮咛

从闻亭的大钟

也从紫色的校徽里响起

清华人啊

厚德载物，自强不息

2018 年 4 月 29 日

清华大学 93 级本科生毕业 20 周年　清华园

不必对我绽放你的妩媚

不必对我绽放你的妩媚

你看到的，只是一副躯壳

有趣的灵魂早已深埋故土

我在异乡等待再生的嘉禾

高铁穿刺致密的长夜

像种子在生命的幽暗狭窄中一意孤行

渴望有声音在胎动前触及我

揭示前方是光明还是幻灭

不是说瓜熟就会蒂落吗

为什么不惑的年龄还有那么多阵痛

奔波，奔波

不在奔波中追逐

就在逡巡中焦灼

2018 年 5 月　长春出差，返程航班

难得有盛世可以如此任性

一瓮久炖的肥西老鸡汤

一本新购的诗集

同时蒸腾着诱人的香

在牙齿的咀嚼里交融

面包有了

水仙花也不缺

日子就是这样平淡而厚重

没有做过良相的梦

也无缘良医

就做一介无为的良人吧

难得有盛世可以如此任性

窗外就是元大都城垣遗址

多少眼睛在护城河的水面上游移

可是，谁曾见

那些忽必烈时候坠落的箭矢

2018 年 6 月　北京徽州小镇餐厅

倾听忽必烈盛世时候的人们

高中同学自加拿大回国，逾六年之久未见，与数同
学聚于首都之北土城，幸甚至哉！

你清瘦而红润的面庞

像一枚初秋时候的枫叶

错落的边缘是新增的别致

朦胧的纹理是不变的深沉

在二锅头的炽热和芳香里

你用老家话给我们讲异国的冰雪与奔跑

我们用老家话给你讲故乡的羊汤和烧饼

阵阵笑声穿透厚厚的玻璃

不时撩起新月下的水面

就让我们一起醉卧在这元大都城垣之畔吧

把耳朵伏在脚下的泥土上

倾听忽必烈盛世时候的人们

是否也和我们一样在兴奋地呐喊

2018 年 6 月　元大都城垣遗址之畔

生活面前，谁还不是一头驴

每天早晨

从北苑到东直门

再到复兴门

每天晚上

从复兴门到东直门

再到北苑

地铁里的我盯着手机

就像磨坊里戴着眼罩的驴

日复一日，圈复一圈

——它拉的是磨

我拉的是生活

2018 年 7 月 2 日　北京金融街上班地铁

失重的幸福

拂去半日的忙碌

拥着窗外的阳光

放肆而惬意地小睡

再没有

比这更让人失重的幸福了

仿佛梦中有约

身体会长出许多枝蔓

去缠绕生活的无限美好

2018 年 8 月　北京金融街，工间午休折叠床上

谁是我的月亮

睡去吧，无眠的人

不要用你失神的眼睛

穿透致密的夜色来偷窥我

我的寂寞是大海

只有满月才能照亮

2018 年 9 月　北京家中，床上

至黑至暗的一刻

北半球至黑至暗的一刻

不过是太阳在南回归线上一个

不经意的转身

哦不，也许只是一次驻足

哦不，也许什么都不是

无非亿万年中

无法特定的一片须臾

却在期冀的心里，掀起波澜

甚至连沉睡的青蛙，梦中

也听到了河冰断裂的脆响

严寒还将继续

甚至还要更甚

温暖还在路上

我在瑟缩中嗫嚅着数九

在斜睨的冷漠里，等待正视的热忱

这，是至黑至暗的一刻

2018 年冬至　北京安定门内

宁做我

2018 离开了我，
它身后的脚印里已镶满记忆
我也要离开你
给 2019 一个更好的自己

你也许来自孩子的时候，在村里串门
乡亲们递给我，几截玉米的糯甜
你也许来自读书的时候，去县城赴考
老师端给我，一碗羊汤的香鲜
你也许来自那次勇敢的表白
被拒绝后买醉时的放纵
你也许来自那次艰难的重逢
被接受后答谢时的饕餮
你也许来自爱妻新孕的日子里
父母纤细入微的关爱
你也许来自幼子初长的日子里
岁月如沐春风的包容
我们实在厮守得太久

共历了我心怦然的每一次感动

你是洁白的包裹
曾经在红尘的冷漠里给我贴心的温暖
你是丰盛的滋养
曾经在世俗的贫瘠中给我随身的膏腴
可是我决心离开你
这需要太多的不舍和勇气

我渴望风的轻盈
可以自由追逐随和的春天
在吻遍每一个枝头后
静静捡拾羞涩飘落的花瓣
我渴望水的欢快
可以从容告别自负的山巅
在爬过每一处草坡后
默默依偎寂寞冥想的深潭

我要离开你
决然告别苟且的自己
我要丢掉沉重的行囊
为了心中不惑的远方

2019 年元日　香港维多利亚公园

寒冷与湿润的一见钟情

期待和北风初起的时候，

没有一丝影子

渴望与年关愈近的时候

也不见踪迹

往年也许已经几度来临

连少见的南方也频频造访

直到春节去了

放纵的心又收回来

盼望变成了绝望

叨念变成了埋怨

才姗姗而来

又匆匆而去

无意点缀紫禁城的红墙

也没想过覆盖护城河的冰窟

只是缘于寒冷与湿润的一见钟情

白色是他们的婚纱

2019 年 3 月　北京金融街

得到和没得到

好多美丽的瓶子

在架子上高高低低

像蒙面的女人

魅惑而神秘

好奇地抓起来

打开看，只有空气

踮起脚，又打开

还是空气

跳起来，再打开

也不过是沙子

一只又一只

要么是沙子

要么是空气

后来剩下几只

再也够不着

依旧魅惑而神秘

在高处孤独地美丽

2019 年 3 月　北京家中

哈姆雷特依旧在呐喊

四十年晚风晓月

多少追逐，多少逃避

也许先父当初浑浊黯淡的眼神

早已看见今日的远离

懵懂的儿子总是说出生在北京

不愿接受我引以为傲的祖籍

他不知道那块土地上流淌的汗水

从前怎样梳洗我疲惫凌乱的双翼

曾经海誓山盟的姑娘早已成为人母人妻

偶尔辗转知道她们今天的幸福

勾起多少复杂奇怪的回忆

曾经高谈阔论的梦想早已变得无息无声

每次听到那些创业大咖的故事

平凡的快乐就像房价飞涨时的货币

只有在黑夜的醉眼迷离中

才有足够凝视过去的勇气

和惆怅一起不断地考问

这究竟是沦落，还是选择的自己

激情在青春燃烧的余烬中若有若无

信心在身体躁动的尾声里忽高忽低

恐惧和迷茫

敏感和脆弱，也全都模糊

未来陷于纠结却无比清晰

为了成功而坚持

还是为了成熟而放弃

内心深处哈姆雷特依旧孤独地呐喊

to be, or not to be

2019 年 3 月 31 日夜　北京家中无眠的床上

带着生日的仪式感奔跑

幼时，村前的池塘

广袤如海洋，充满蛙鸣、鱼戏

和大人们反复告诫的各种危险

让未来曾经那么遥远

就像家后的那片田野

光着脚，即使一番竭力地奔跑

依旧看不到麦子的尽头

现在，我的四十多岁

接二连三地来了

带着肚子上的赘肉

镜子里的白发

还有腰背上的隐痛

朝夕相伴，却又像路人一样陌生

让我许久无法接受

那些年轻的生日

总是过得凌乱或潦草

从今开始

我要认真地过每一个生日

郑重地告诉所有我爱的人

也接受他们真诚的祝福

定一个八寸的红丝绒蛋糕

再次面对探索过的那片池塘

我要带着一年一度最高的仪式感

在帝都的田埂上

开始新的奔跑

2019 年 4 月 11 日　北京家中

聆听稀缺的圣物

这个疯狂的时代

这个眼睛被极度依赖

因而极度疲惫的时代

这个偏执的时代

这个耳朵被极度边缘

因而极度寂寥的时代

这些声音是多么稀缺的圣物啊

闭上眼睛

让它们响起来

或低或高的音符

像熟稔的手指从胸口摸索

在心上或轻或重地按捏

或慢或快的节奏

像昏黄的时光从记忆里复活

在身边或缓或急地流淌

肉，仿佛雨后的墙土般一块块地脱落

灵，仿佛水上的油晕般一圈圈地延展

就这样，就这样

更柔软些吧

柔软到足够触碰每一处刚硬

就这样，就这样

更温暖些吧

温暖到足够覆盖每一处生冷

2019 年 5 月　北京金融街上班地铁

喜欢可以忍受的寒冷

北风飒飒

卷走雾霾，扫尽尘埃

执着地吹出

贝加尔湖上的天空

粗暴、僵硬

是你说服的方式

就像成吉思汗的战车

碾过蒙古高原的寒冬

可是，你吹不走夜色

它甚至刻意地早来晚去

都市的楼宇关闭了窗户

却擦亮眼睛

射出更多光明

荒野的树木掉光了叶子

却伸长手臂

摘到更多星星

校园主干道上

老迈的杨树可以作证

我曾经任性地撒野，

推倒四教楼下冰凉的单车

还解开军大衣

它臃肿而丑陋

我喜欢这样可以忍受的寒冷

不需要烟卷那丝可怜的温存

也不需要酒精虽多却无端的放纵

我要清醒地与你对峙

让欲求的火焰熊熊燃烧

让全世界感知炽热的心胸

北风飒飒

天空如此湛蓝，如此澄清

青春已经凋零

我依然喜欢

这样可以忍受的寒冷

喜欢寒冷中的寂静

2019 年 12 月　北京金融街

祝你下班快乐

睁眼醒来，就开始忙

穿衣，漱口，出门

像小朋友去幼儿园一样勉强

还好，总能说服人到中年的自己

坐地铁也很忙

排队，抢座，换乘

拥挤的车厢里

看似睡回笼觉的人也眼疾手快

到了办公室接着忙

过早，打水，开机

日复一日，从来没有认真品味过

食堂里炸油饼和酱豆腐的黄金组合

工作时间真正忙起来

写稿，开会，频频出差

午餐还在琢磨领导意味深长的话
同事讲着段子，满口饭也赔着笑

终于下班了，又是一种忙
总是要加班
偶尔例外，才能匆匆赶着回家
常常接到儿子的电话，焦急地催促

夜深了，又要忙着就寝
努力舒展白天紧皱的眉头
太晚了，想尽快入睡
渴望却不敢做梦，更怕中间醒来

忙着生，忙着老
老人忙着养生，幼儿忙着早教
无为的人忙着放下
佛系的人忙着来世
总在忙，都在忙
未来，或许一样忙

2019 年 12 月 13 日　　北京金融街下班路上

精子的信与不信

一枚大头精子

拖着长长的尾巴

在黑暗的阴道里

长途奔袭，奋力鏖战

像一颗彗星

穿越浩瀚的夜空

它终于到达终点

征服卵子，成为王者

它感谢上帝，感谢自己

它相信拼搏，相信坚持

就是不相信

有几千万个同伴

一起拼搏过，坚持过

却死在了路上

2019 年 12 月 23 日　北京家中

我流泪的方式

二十六年过去

从矮小到魁梧

从幼稚到成熟

从乡村到都市

从贫瘠到富足

二十六年过去

从敏感到细腻

从懵懂到清楚

从脆弱到坚韧

从执着到虚无

岁月静好，情怀斐然

金黄色的树叶堆满心间

我已不是翩翩少年

青春已然不再

我却爱上写诗

因为写诗

是我流泪的方式

2019 年 12 月 28 日　高中母校滕州一中重游即感

连绵，又撕裂

闹钟在左

长臂颤动

爬过单调的格子，没有穷尽

疲倦，却又不辞疲倦

短促，急迫

像孤独的旅者

用脚步强掩夜行的恐惧

儿子在右

轻而均匀地呼吸

柔软地侧卧

舒展，恬适

仿佛世界并不存在

抚过他嫩滑的脸

触摸到快乐的从前

焦虑与欢喜

失望与期待

衰老与更生

黑暗如此连绵

又如此撕裂

2020 年 3 月 13 日　北京家中

跃过书墙的火焰，或潮水

高中入学，才听说那所大学
陌生，远超从乡下初到的县城
却天命般，开始凝视与仰望
朝拜缥缈而真切的云巅

攀爬中遭遇太多的书册
它们矗立成课桌上的高墙
陪我每一个学期
泅渡茫然的水面

黑夜里，风雨交加
次次模考的闪电
只在瞬间
照亮遥遥的孤独

一袭短裙，是蝴蝶飘忽的彩翼
飞自走廊，绕过讲台

调皮的嘴角哼唱

与校园广播不同的歌儿

我无视考试大纲外的英文单词

自然无从知道它们流行的名字

循着声音，对视青春的眼睛

迟钝如我

分明感到有火焰，或潮水

汹涌而来

很多次

在大学里，还有以后的日子

感谢那面书墙

使我不致被吞没

更怀念那些火焰，或潮水

给我短暂而美妙的窒息

2020 年 3 月 18 日　北京家中

生命里催人的鼓点

雷声连连，在撕裂的闪电下
急促而兴奋地奔跑
像青春时的心跳
为爱恋的表白
积攒足够的骄傲

雷声隆隆，和泥土的气息一起
穿透雨幕
像中年时的长叹
划破寂寥的夜空
沉重而清晰

雷声隐隐，渐行渐远
似乎黯然不舍
就像迟暮时的幻听
一切都已逝去
只有手杖，长握而不弃

2020 年 5 月 31 日夜　北京家中

装作热闹

我什么都有

还有很多陈年的孤独

就像散乱的书籍

堆在卧室、客厅、餐桌

还有行李箱

他们总会不招自来地陪我

我的生活

看起来那么拥挤

仿佛真的

不再需要什么朋友

2020 年 7 月 3 日夜晚　北京家中

绝不留恋美丽的苟活

肉片鲜红

镶缠白边

簇拥着铜锅

争先恐后地绽放

不惜以如花的容颜

决绝地赴汤蹈火

在灼热中翻滚沉浮，迅速地黯淡

只为再现片刻草原上的欢腾

没有蓝天，白云

没有自由地奔跑

再美丽的苟活

连一只羊

也不会留恋

2020 年 7 月 12 日　　北京朝阳

被碾压的日子

夜风蘸着轻凉

像赤脚蹚过林间的小溪

舒惬告诉我

夏季又在悄悄逝去

春天以来的日子

被疫情一次次碾压

蜷缩在台历上

比任何时候都要单薄

它们过得飞快

想来

犹如一场潦草的演讲

旁白稀疏

幻灯片一张张

匆忙闪过，或明或暗

又好像过得很慢，过了很久

隔离让牵挂的人

还有惦念的山河

久未晤见

渴望是心底沉积的片片页岩

致密而丰富

貌似安静地

等待发掘和解读

2020 年 9 月　北京家中

生活逆流而上

岁末最后的寒冷

突兀而凶猛

似乎要将一年的过往

凝成冰雕长廊

让习惯回眸的目光

摩挲立体的记忆

白色恐惧曾在网路上奔流

像冠状病毒在空气里飞扬

资本遍地倾泻的时代

诸多文明国度

却简陋如史前没有篝火的岩洞

智能手机的把玩者们

和原始人一样以赤膊和战栗

面对危险的未知

龙的传人

与上帝无缘，也不识诺亚

雷火霹雳中共建自己的方舟

天干地支循环交错

庚子绝不会仅仅是

炮火和屠戮，饥饿与瘟疫的往复

且听，风吟之外

雄浑刚健的中国牛

正扬蹄在春天的路上

　　　　　　　　　2021 年元日　北京金融街

做一只糯米圆子

做一只糯米圆子

无角无棱

无心无骨

也足够柔软

站着、躺着

滚着、跳着

都一样舒服

不会压迫任何人

也没有谁能伤害自己

无论光滑的大理石

还是粗糙的沙砾

都会轻轻地抚摸

平静、喜乐

接纳每一个当下

即使天外陨石飞来

也会竭力张开身子

给它一个

最大的拥抱

        2021 年 1 月 15 日　北京黄寺大街

让拇指记住菩提子的面孔

读了万卷书

声音琅琅

从来没有一个一个凝视过字间

走了万里路

行色匆匆

从来没有一步一步感受过脚下

阅了无数人

目光脉脉

从来没有一位一位倾听过他们的心声

现在，手握佛珠

再不急切追赶

也不单调地计数

只如盲者细细摩挲

让拇指记住枚枚

菩提子的面孔

2021 年 1 月 29 日　　北京地铁

那才更可怜

还是喜欢乞丐

至少他们中的大多数

真实、纯粹

污头垢面，破衣烂衫

却只在饥饿的时候工作

其他的时间

都在认真地享受自由

不明白

为什么好多人

西装革履，或者花枝招展

从来不必担心生计

却总是

仰着脸乞讨

2021 年 3 月　北京金融街

从来没有纯粹野生的美好

生活是行进的山路

有太多的曲折起伏

需要柔软的心

缓冲，填塞

世界是旅居的酒店

逗留一生

乃至无法像客人

挑剔，拒绝

只能主人般

接纳，喜悦

从来没有纯粹野生的美好

不曾煞费苦心地向往

也只能如月球一样

在宇宙广漠中

做一块刚硬寒冷的陨石

——即使比地球更资深

2021 年 5 月　北京奥森北园

初　伏

正午的烈日

和前夜的雨一样让人战栗

室内的温度毕竟隐忍

空调还呼之未出

慵懒的周末

肚子怂恿嘴巴一起聒噪

冰镇苏打水、瑞士奶酪相互接力

脑袋和大腿上的肥肉长时间无语

二十分钟，椭圆机上专注奔跑

散逸的自己一缕缕聚拢

四肢上下跃动，如同张扬的火焰

似乎听到持续爆裂的声音

即使树梢嫩绿的枝条

雷电下也会炽热地燃烧

更何况浓黑

承压千年的化石

2021 年 7 月 4 日傍晚　北京家中

拴马石

以前觉得那只是一种标榜

直到自己开始觉少愁多

才选了一串

戴在手腕上

地铁里，黑暗中

闭着眼睛一颗颗摩挲

像盲人抚摸一群孩子

想竭力辨出两张面孔的不同

没有分别，也是一种分别

身体是一串念珠

脚掌，脚踝，小腿……

人生是一串念珠

童年，青年，中年……

太阳系也是一串念珠

金星，火星，水星……

念珠就是一个拴马石

摩挲的时候

把心系在了上面

心系在了哪里

哪里就是全部的世界

2021 年 9 月 7 日　北京长安街

再见远去的青春

青春，青春

无疑已经远去

可是，又何必哭泣

借几杯红酒就可以回到从前

在闪烁的泪光里

再见敏感脆弱的自己

今夜，就让我沉沉醉去

在虚幻与真实间拥抱往昔

告诉自己从前得失何处

可是我不敢重来一次

就像今天不知明天在哪里

总是以为自己足够成熟

随身听、奖学金、GRE

都不再重要

可是，更多真实的缰锁

依旧让我在午夜一次次窒息

究竟是安静地老去

还是要绝地反击

无论当下，还是千年

总要在余生

还有举杯的勇气

2021 年 11 月　北京金融街下班途中

岁月有痕

幸福是一丝边际

艳羡高山

终于屹立高耸

每一块肌肤都勾勒着伟岸

又会渴望一缕雾霭

在风和的黄昏

私语缠绵

艳羡大海

终于奔涌如海

每一枚鳞片都闪烁着浩瀚

又会渴望一抹海滩

在月朗的夜晚

摩挲把玩

艳羡太阳

终于光耀如日

每一束光芒都播撒着炽热

又会渴望一次全蚀

在晦暗的白昼

顾影自怜

幸福不是有

也不是无

甚至不是有无之间

而是有无当下的一丝边际

2021 年 10 月 28 日　北京金融街

从容一格

风一直吹

拂去记忆的微尘

阳光明媚

照亮逝去的日子

我努力地瞻望未来

却见往昔清晰呈现

最初因为无知而无畏

继而因为无感而无畏

喜欢地铁里妆容精致的姑娘

恰似不能接受现在的自己

今后余生

总要与秒针一较短长

在钟表的小格子里

追回错失的成长

再不会像起床困难的孩子

留恋朋友圈的丝丝温暖

宁愿累死

绝不愁死

我要内心强大如犁铧

不惧冷漠

在星光下

开拓无尽的荒原

2022 年元日凌晨　北京家中

今夜被音乐点亮

华丽的陈列

油画般鲜明呈现

落座高处

依然要无限仰视

打开心扉

奉迎垂落流淌的音符

疫情冻裂的干土

在阳光和溪水的呼唤中复苏

琴弓拂去网络的嘈杂

琴键触动细腻的倾听

一个声音从铜管里穿透长天

与新时代共鸣

今夜被音乐点亮

满天星下

没有筛查，没有封控

口罩后面

是一张张宁静笃定的面孔

2022 年 4 月 25 日　北京图书馆音乐厅

一次与好多次

出生只有一次

童年只有一次

青春只有一次

衰老只有一次

死亡只有一次

懊悔

却有好多次

2022 年 7 月　北京金融街上班路上

放下飘忽的挣扎

总有一只蝴蝶

在身边翩翩地飞

斑斓的色彩

不甘淹没于花海

单薄的翅膀

也渴望感受潮汐的张力

忽远忽近，忽高忽低

在阳光下欢笑

也在风雨中哭泣

为草丛舞蹈

也为沙漠叹息

久久凝视

我与蝴蝶合为一体

背负了它

全部沉重与轻盈

脆弱和敏感

像哮喘病人

苟求季节、天气

一群放风筝的孩子

还有遛狗的老人

走过轻语

蝴蝶只是蝴蝶

自己才是自己

我转身，放下

那些飘忽的挣扎

开始遁去

或者仅如萤火闪烁

我的世界

可以一片静寂

2022 年 8 月　北京家中

做一个玉树临风的人

能当官
就清清白白当官
越大越好

能发财
就干干净净发财
越多越好

如果都不能
就开开心心健身
跑步，撸铁
平平安安就好

做一个玉树临风的人
阳光下
也是风景

2022 年 10 月 25 日　北京金融街健身房

清风拂山岗

拥有主人的心态

就永远不会抱怨

这是我的家

我的国

我的我

所有的拮据、困难和艰辛

就像身上的羸弱

正是奔跑的方向

拥有强者的心态

就永远不会受伤

冷漠、疏远和拒绝

仿佛山阻石拦

只会让大江更加专注地流淌

即使雪辱霜欺

梅花在冬日的暖阳下依旧芬芳

拥有赢家的心态

就永远不会失落

这一生

来过

看过

干过

从来没有片刻

在嗟叹中荒芜

始终在歌唱中成长

2022 年 11 月 12 日　北京长安街

做一枚快乐的良币

被劣币

满世界驱逐着

也成全着

坚持做自己

在崇高处

即使崇高的角落

也要神采奕奕

闪耀着善良的光

2023 年 2 月 9 日　北京金融街

圆也是我，缺也是我

曾经贫穷、窘迫

无法选择

和谁在一起，做什么

就像在学校食堂的窗口

始终无法选择

红烧牛肉、宫保鸡丁们一样

时间让人老去

也赠我选择的自由

可以选择

成熟或者任性

成功或者有意义

这是几十年

打拼后的骄傲和资本

包容和拒绝之间

我选择敬而远之

不让他人因为自己而痛苦

更不让自己因为他人而疲惫

亲近和冷漠之间

我选择距离

只为当下的宁静

和最初的美好

2023 年 2 月 17 日　　北京金融街

和食物谈一场恋爱

吃了几十年的饭

蓦然觉得，不过饕餮一样

只是贪婪地吞咽

不懂，也没有爱过

我要和食物

谈一场真正的恋爱

洗净每根手指，算是沐浴更衣

挑张无人的桌子

就像第一次约会

羞涩地选择一个稀疏的黄昏

安静地坐下来，不要音乐

未必如基督徒那样喃喃地祷告

也垂下眼睛，放下忙碌

我要和它独处，雕刻一段悠然的时光

汤是序曲

舒缓细腻的音符

像期待的胸腔里最初的心跳

轻柔地唤起渴望的耳蜗

青菜，是绿色的长裙

从远方飘然而来，垂着朝露

和井水里新汲的清甘

我们携起手，款款起舞

这片肉，也许不久前还在奔跑

在草原，某个动物健硕的身体上

万物有灵，也有轮回

我们都会重归泥土

饭是米饭，饱满圆润

温暖的象牙白透着淡淡的糯香

一粒一粒地啮咬

就像走在田间，抚过张张稻穗的面孔

不再挑剔，也不再觊觎

不至于总是粗茶淡饭

也没有过钟鸣鼎食

坦然地相守，熟悉又陌生

每次减肥总是无果

现在慢慢瘦了

不是为伊消得憔悴

真正去爱

自然丢掉多余的东西

2020 年 4 月 22 日　北京家中

岁月有痕

吾心安处

那一碗鲜香滚烫

孩提的时候

羊汤是在村头的饭铺外

一双眼睛胆怯而贪婪地张望

那汩汩的口水呀

滴湿母亲新缝的棉装

少年的时候

羊汤是跟老师去县城考试的路途中

一只大碗白里漂绿的鲜香

那红红的辣油哦

火焰般照亮遥远的前方

大学的时候

羊汤是在寒假里和暗恋的女孩重逢后

一起宵夜的甜蜜和紧张

那腾腾的热气呵

夹杂着少女腮旁的红晕

工作以后

羊汤是在偶尔回去的日子里

一家团聚的期待和担当

那大大的肉块啊

拂去外地漂泊的忧伤

现在的羊汤啊

是航班上的回忆

是高铁上的怀念

是通勤中的飘荡

是我全部的故乡

2017 年夏　滕州伏羊节

做饼也美丽

——为滕州美食菜煎饼而作

一张张酥黄的煎饼

散发着大地的熟稔

一份份缤纷的菜馅儿

映射着田园的清新

即使自己备受煎熬

也要用博大的胸怀

把娇嫩的身体紧紧拥裹

一遍遍地拍打

一层层地折叠

哪怕再被斩上一刀

也无声无息

只愿肩并肩——

成双入对！

2018 年 10 月 28 日晚

北京五道口"滕州菜煎饼"小吃店

你应该有更精致的容妆

山东，生我乳我的故乡

念兹在兹的父母之邦

泰山昂首天外

挺着好汉的自信

黄河滔滔不绝

涌荡着历史的激昂

抖音热曲

摇颤着西湖的悱恻缠绵

微信靓图

炫晒着珠江的羽衣霓裳

妩媚称道

你血脉里依旧流淌

绵延千年的阳刚

地产的挤压下

实业巨人进退维谷

新经济的蓝海里

独角兽们闪电生长

资本主宰

你门第间不忘延续

熏陶万世的书香

周礼尽在鲁地

曲阜奏演响彻寰宇的华章

孙子刻就的竹简

齐人的智慧熠熠生辉

孔孟故里

更多年轻的子贡

以天下为己任

敢做经世济民的儒商

立足广袤中原

放眼辽阔海洋

从春秋战国的争鸣喋血中走来

焕发着新时代的光芒

北方佳人，天生丽质

你应该有更精致的容妆

2019 年 8 月 5 日　高铁经过山东

心像猪舍空落落

那年正月十五，才过

父亲买了一只猪仔

对我说：小三儿，好好喂啊

年底杀了吃肉，管饱

我只是想：

烤乳猪还不是一样

小猪长着白毛，硬硬的

红红的皮肤，像小孩子的屁股

整天拱着嘴巴，在院子里寻来觅去

它在身边走过

只要挠一下它的背

立马就地一躺

不管不顾，舒服地哼哼唧唧

我为它到河边割草

去园里摘菜

掰过三婶子家的玉米

薅过二叔家的红薯秧子

小猪长成了肥猪

挪进了猪舍

依然那么乖巧

我背着和我一样高的背篓回家

它趴在和它一样高的墙上迎我

哼哼唧唧的

看着它噌噌地长

父亲踩着猪舍的矮墙

喜滋滋地说：这家伙长得可真不赖

它拉几天稀，跌了膘

父亲会伸着脖子打量

心疼地说：乖乖，折了有好几斤吧

冬天，我扯来干麦秸

铺在冰硬的猪窝里

它在太阳下依旧满足地

哼哼唧唧

父亲的眼睛开始发亮

自言自语：差不多有二百斤了

我听着，心里咯噔咯噔

过了腊八

村里的孩子开始盼着过年

我一天比一天提心吊胆

晚饭的时候

不再抢着夹菜

几次看着父亲的碗，央求：

咱家的猪，再养一年呗

终于，一个黑蒙蒙的早晨

我被一阵嗥叫声吓醒

想爬起来，可是不敢

也许是天气太冷了吧

我用被子紧紧蒙住头

杀猪的杨家把它逮走了

日上三竿

父亲兴冲冲地从集上提来一挂猪油

还有几块豆腐

反复念叨：老二娶媳妇落下的债

总算还了一小半儿

晌午的白菜炖豆腐，油花好大好大

我的泪花也好大好大

那年除夕

不知它去了城里谁家的饭桌

我的心里

和猪舍一样空落落的

2019 年 12 月 23 日　北京金融街上班地铁

我是故乡土地长出的一株庄稼

我是故乡土地

华北平原的土地

山东南部的土地

长出的一株庄稼

小麦，或者玉米

可不是高粱，不是花生

我们那的土地太少

舍不得种那些稀罕玩意儿

我拾过麦

施过肥

酷暑七月

密不透风的玉米地里

大人都闷得喘不过气来

矮小的孩子更是憋屈

哥哥刨土

我投肥

一不小心，刺鼻的碳酸氢铵

呛得我烧心流泪

还没读书的我常常埋怨

为什么庄稼偏偏好这口呀

炎热的夏天

父亲带着我们兄妹在地里割麦

烈日下，他们弯着腰挥汗如雨

我戴着斗笠，背着水壶，

全副武装，却没有开镰的资格

只能看他们忙得热火朝天

一大早出来到了晌午

禁不住抱怨

你们怎么还没割完啊

父亲突然直起身

捶着自己的背

瞪了我一眼：

说啥混账话

这麦子，再割两天也不烦啊

我是故乡土地长出的一株庄稼

华北平原的土地

山东南部的土地

现在还浑身一股土腥子味儿

儿子，我，还有父亲

都是暗暗的肤色

我们从不嫌弃

记得父亲干了一天活计

搓着自己古铜般的脊梁说过

人就是泥捏的

能不黑吗

白，那是病

2019 年 12 月 24 日晨　北京金融街上班地铁

都是珊瑚虫

我和我的乡亲

还有我们的祖先

都是珊瑚虫

渺小，卑微

在土地的黄海里

在麦苗的绿海里

在青纱帐的深海里

生长，浸泡

吞吐着苦涩的海水

冰冷，幽暗

却从不放弃

一簇簇，一代代

在先人的遗骨上

前仆后继

海啸会折断我们聚合的躯体

地震也会害我们坍塌重来

可是，我们不放弃

日复一日，一丝一毫地叠加

就只为了露出海面

成为陆地

2019 年 12 月 28 日　北京回滕州高铁

心中总有锦云腾起

—— 为故乡滕州而作

无论我走到哪里

心中总有锦云腾起

它来自龙泉塔尖

萦绕着祖父的叹息

无论我走到哪里

心中总有锦云腾起

它来自荆水河畔

流淌着碧绿的涟漪

无论我走到哪里

心中总有锦云腾起

它来自微山湖边

点缀着红荷的水滴

无论我走到哪里

心中总有锦云腾起

它来自莲青山巅

掩映着家园的晨曦

无论我走到哪里

心中总有锦云腾起

那云端下的故乡

给过我多少甜蜜

2020 年 1 月 2 日晚　回家地铁

滕州的地蛋

山东有个地方，我的故乡滕州

马铃薯不叫马铃薯

也不叫土豆，而叫地蛋

马铃薯很秀气，土豆很洋气

地蛋似乎有些自卑

直到一个大哥告诉我

地蛋就是大地的睾丸啊

我才顿悟它粗犷中的豪气

就那么在地里埋头生长

毫不起眼的绿色的茎叶

毫不起眼的白色的小花

甚至最辛勤的蜜蜂都懒得一顾

就那么一点点地积聚

麦子还没成熟的时候

就能刨出一串串硕大的惊喜

大多谈不上圆润

也不算棱角分明

就那么任性地膨胀

吸纳了太多大地的精气

现在，它是主食、蔬菜

却曾经是我珍爱的点心

很多次饥肠辘辘地跑回家

还在烧着大灶的母亲

总会从火下扒出一个

烫烫的，软软的

很多年后

在北京的华屋里吃土豆烧牛肉

在密歇根的大湖边嚼薯条

依然怀念母亲递给我的那份香糯

2020 年 1 月 2 日　滕州回京高铁

鲜活的郁郁葱葱

儿子跟我回乡

一定要去采摘

这是他喜欢老家的理由

草莓、茄子的温室大棚外面

绿油油的一片

"这是啥呀？"

"这是葱呀！"

"是吃烤鸭的葱吗？"

"也是爆羊肉的葱！"

很久没有见到鲜活的葱了

冬至已过

依然昂首并肩地挺立

身子深埋在泥土中

比莲花还白

手臂高举在严寒中

比松柏还绿

从头到脚，外直中通

甘甜也好，辛辣也好

就是那种味道

离不开，更忘不掉

让我想起

父辈们那样倔强的汉子

儿子走向畦垄的深处

几乎被淹没

我没有阻止

还拍了照

山东人的后代

总要知道什么是郁郁葱葱

2020 年 1 月 2 日　滕州回京高铁

让漂泊更像漂泊

无视许多人

抱怨、数落

年还是来了

又一次不容分说

它的味道越来越淡

却依旧

让漂泊，更像漂泊

让故乡，更像故乡

2020 年 1 月 22 日　北京金融街

城市的黑夜是另一种白昼

城市的黑夜是另一种白昼

一个太阳去了

更多的太阳出来，照耀在

工地、写字间和追逐者的路上

没有月亮的日子，也不见星星

年轻人热切地谈论星座

熟记十二个生僻的英文名字

却不知道它们坐落何处

也从未确认彼此的眼神

遮蔽天空的不只是沙尘、雾霾

还有冷峻的楼宇

细腻精致的人们

无心聆听遥远而微弱的闪亮

即便是颗颗恒星

执着而炽热地燃烧

母亲在乡下

眼睛昏花了多年

总是在电话里叨念

这些天星星真好

早早就出来陪我

2020 年 7 月 6 日　　北京金融街

吾心安处

节日是短促的引信

节日是短促的引信

将平时酿酵的乡愁

突然点爆

游子们变得勇敢而偏执

无惧归途中焦灼的拥堵，等待和辗转

鬓毛可以衰

乡音也会改

舌头上的味蕾是最倔强的孩子

尝遍多少山珍海味

依然执着于最初的记忆

思念的情愫

在馓子中密密交织

在粥碗里浓浓凝聚

在羊汤上袅袅升腾

唯有寻到老胡同

一番忘我地放纵

才会云淡风轻

荆河之滨

龙泉塔高高耸立

像祖父一样寡言

他在眺望，也在等待

漂泊在外的滕人

2020 年 10 月　国庆假期返乡高铁

枣

谨以这首几乎瞬间创作的小诗献给生我养我的枣庄故乡，献给我深爱挚爱的枣庄人民。

寻常，平易
却又红润甘甜
更有一颗坚强的心

翠绿间若隐若现
无声地挤满老树的枝头
便是秋天的盛世

2022 年 7 月 25 日　北京某微信群

卑贱丑陋，是它的前世

山东的南部，有个滕县

滕县的南部，有条漷河

漷河边有个王开村

王开村的老张家

有道传承百年的人间美味

就是把新鲜宰杀的猪头

还有下水蹄子和尾巴

可舍不得肘子里脊和排骨

过去那些都要留给有钱的阔人

在焦炉子边火烤铁烙

在石台子上刀砍斧劈

一块块小心地放进浓浓的老卤鲜汤

就像精细的师傅把坯子虔诚地码进瓷窑

大火烧起来

和八角肉蔻草果等香料们

咕嘟咕嘟地沸腾翻滚

豆秸一把接着一把

不厌其烦地小火煨炖

就像穷人的日子

一天天在铜板钢镚里慢慢煎熬

卑贱丑陋，是它的前世

红润香糯，是它的今生

汁水四溢，香气沁人

一家煮肉，全村飘香

年轻的姑娘小伙本能地咽下口水

老成的婶子大爷也禁不住再三抿嘴

新出锅的猪头肉切成厚片

剥两坨自家地里拔起的新蒜

最好还有镇上散卖的老酒

整日里田间地头出力的汉子女人

终于可以解乏去闷

见天吃着青菜萝卜蹽个儿的丫头小子

也能够拉馋过瘾

想见他们的满足和快乐

我不由得泪湿衣襟

我的穷苦乡亲

你们这些土地上一颗汗珠子摔八瓣儿的人哪

最该最该享受这喷香的肉味儿

铁锅里的老汤头

滚了又凉，凉了又滚

日日更迭

地灶里的豆秸火

燃了又熄，熄了又燃

天天不断

升斗小民的指头和心思

一辈传给一辈

总能把平凡人家的日子

过得比鲍鱼燕窝更有滋有味儿

从厚重如山，到守道为本

再大而申之

这道难得的美味

曾经沿着潮河飘往微湖和运河

顺着古官道走南又闯北

现在它又乘着高铁

坐着飞机

欢欢喜喜地奔赴各种派对聚会

多想让盛世里

更多的中国人咀嚼到老祖宗的智慧

厚山猪头肉第五代传人叫作张申

我和他在酒桌上相识

这个实在的手艺人

看着我认真地说，倍感亲切一见如故

那一刻，我想到了他手下白花花的猪头

不由得受宠若惊，心领神会

2023 年 8 月 14 日　北京金融街

没有一只鸡能活着离开枣庄

枣庄人相信

没有一只鸡能活着离开枣庄

那些离开的

只有辣子鸡的快递和传说

脱掉华丽的战袍

放下大写的骄傲

引颈就戮，喋血沙场

大卸八块，还要更多块

在冒烟的沸油里翻滚

镀上夕阳洒落的金黄

葱段，姜片，还有蒜瓣

一个都不能少

八角小茴，生抽香醋

也必须共襄

螺丝椒蜷曲着身段姗姗来迟

正是画龙点睛的神来之笔

一只又一只鸡倒下了

却和撩人的鲜香一起走得更远

走进千家万户，走过千山万水

孩子们的馒头片

女人们的煎饼卷

男人们的酒杯窝

母亲做的味道，父亲做的味道，

小馆子的味道，大排档的味道

一样的鲜艳，香辣

让你吸气，吐舌，甚至流泪

却总是放不下

更离不开

到底是枣庄人的欢喜冤家

枣庄辣子鸡啊

一定要土生土长的小公鸡，老公鸡

它们高昂的头颅，充血的肉冠呀

就像抱犊崮、莲青山一样

张扬着枣庄大地的热烈与奔放

枣庄辣子鸡啊

一定要色深皮薄的螺丝椒

它们火辣辣的浓郁呀

和滕县保卫战，台儿庄大捷

还有铁道游击队一起

激荡着枣庄人民的不屈与刚强

2023 年 8 月 18 日　北京金融街

一定要是大白菜

白菜，一定是大白菜

小白菜、娃娃菜是它遥远的近亲

像冬瓜一样硕大

又像卷心菜一样致密

这就是滕州人的风骨

从外到里

实实在在，容不下一点空洞

小时候的冬天，总是漫长而寒冷

白菜和萝卜土豆们轮番上阵

勉力撑起穷人的饭桌

碧绿的叶子，淡黄的菜心

在单调的眼睛里

惊艳如翡翠玛瑙

却被称为白菜

从来都是无怨无悔

可以醋熘，炝炒，

可以水煮，红烧

也可以一整棵一锅炖了

或者留下菜心单独凉拌

毫无疑问，这些层出不穷的花样

给困窘的童年

贡献了几乎全部的阔绰和自由

白菜粉条出锅的时候

向来掰着手指头过日子的父母

好像从来没有使过眼色

偶尔还会说：

"随便吃吧，今天来个菜饱"

现在我家的白菜

常常和腊肉、火腿或者干贝联袂

因为包容，所以入味

因为水嫩，所以多汁

生在北京的儿子和我一样喜欢

只是他

和青睐豌豆尖的南方人一样

永远都不会知道

那层层叠叠的叶子呀

曾经给难挨的过去

包裹了多少期待

也给富足的当下

收藏了多少记忆

2023 年 9 月 18 日　北京金融街

情见乎辞

鲨鱼和海浪的初见

你，是一只调皮的鲨鱼

我，是恣意汹涌的海浪

我们不期而遇的时候

不知

是你穿梭在我的臂弯里

还是我托你在我的额头上

然而这些，都并不重要

重要的是，我们从此可以

在风和日丽的时候

于深海中静静地潜藏

当飓风到来的时候

一起展示我们的力量！

2005 年　北京肯德基餐厅，与一位陌生女孩的约会

从荆楚到齐鲁的红豆

你是一枚生在南国的红豆

浸润着荆楚山间的雨露

嫩白的肌肤，通透的心

都和你黑亮的双眸一样

清灵俊秀

我循着冥冥中的指引

小心地将你寻觅采撷

从长江之滨

至泰山之巅

从此遑论冬夏和春秋

都把你紧贴胸口

用毕生的体温和心跳

践行千年的守候

2009 年 7 月　北京出租房

我再没见过玫瑰

每次痛苦的时候

总会没道理地想起你

就着尚未经年的生普洱

或者不带伴侣的黑咖啡

还有阳光灿烂的坏天气

直到再度忙碌再度奔波

将你无情地忘记

仿佛痛苦是难得的休憩

不知道

是因为痛苦而想你

还是因为想你而痛苦

只知道

想起是情非得已

忘记是身不由己

多少年来

一次次地想起到忘记

是将来最深的追忆

就像风雨泥泞中

一串串清晰的足迹

掩藏在心底

2016 年 5 月 7 日　出差途中

给儿子的"情书"

亲亲我的宝贝

你童稚的呼唤

让我从机械的劳碌中逃离

黑重的夜色是黑浓的咖啡

给我你初生时那样的欣喜

你早已睡去

间或的翻转是马驹在撒欢

均匀的呼吸是小鱼在游弋

长长的睫毛像弯弯的新月

悬挂着你全部的好奇

就是这些好奇

引领我从空旷的峡谷

走回丰饶的原野

浅浅的嘴角像远远的天际

收纳着你所有的甜蜜

就是这些甜蜜

伴随我离开灰暗的雾霾

找到清新的空气

亲亲我的宝贝

快快成长呀

在我的身边

也在我不再年轻的生命里

2017 年 9 月　回家路上

从今天起，我要做"统帅"

从今天起

我要做自己的"统帅"

我要托起沉重的肉身

再也不让欲望的岩浆淹没理想

我要驾驭轻慢的灵魂

再也不让感性的洪水肆意流淌

从今天起

我要做家人的"统帅"

我要疼惜至爱的妻儿

让他们的每一个瞬间

都如花绽放

我要慰藉年迈的父母

让他们的每一份希冀

都如愿以偿

从今天起

我要做朋友们的"统帅"

我们一起谈论过去懵懂的青春

偶尔自嘲曾经无谓的忧伤

我们一起筹划未来宏大的伟业

总是充满脚踏实地的激昂

从今天起

我要做全世界的"统帅"

对每一个人自然地微笑

为每一个人认真地点赞

亲切地叫他们的昵称

让所有人感到温暖和希望

从今天起

我要做一切的"统帅"

这不需要什么任命

更不需要任何诰封

只需要爱与担当

2018 年 4 月（43 岁生日） 出差回京航班

你可以成为任何模样

呀，我的宝贝

圆滑的线条是你奔跑的足迹

异禀的色彩是你追逐的目光

清新的画面是你活泼的再现

缤纷的故事是你呢喃的心语

啊，我的宝贝

画布才刚刚展开

尽情挥洒吧

为父是怎样地拭目以待哦

2018 年 5 月　北京家中

终于相信了阿尔茨海默病

母亲今年八十一岁

是真的老了

她松弛也许脱垂的子宫

让我记着从哪里来

让我想起那些舒适和温暖

母亲今年八十一岁

是真的老了

她干瘪也许皲裂的乳房

让我记着如何长大

让我想起那些芳香和甘甜

母亲今年八十一岁

是真的老了

她光秃也许凹陷的牙床

让我记着她咀嚼过的岁月

让我想起那些苦涩和艰难

母亲今年八十一岁

是真的老了

她再也咬不清的吐字

再也迈不开的双腿

让我终于相信了阿尔茨海默病

让我明白她要去往哪里

2018 年母亲节　北京家中

酥　胸

不要说退一步海阔天空

我退无可退

我的背后

就是真理的酥胸

我不是一个人在战斗

激情就是百万雄兵

我将誓死捍卫

即使像黄花一样凋零

2018 年 6 月　南昌出差

只是感伤曾经爱恋的姑娘

飘忽在冬日的金融街

沐浴着货币汹涌的汪洋

冷峻的写字楼怪兽

是巨大的金锭银锭

迷离着鄙夷的寒光

我根本不在意它们

只是感伤曾经爱恋的姑娘

是否像一沓沓崭新的钞票

历经太多贪婪的拿捏

早已没有了最初的面庞

2018 年初冬　北京金融街

星星是对我冷漠的太阳

周末的早晨

一缕阳光从窗帘的腋下婀娜地钻进来

和我耳语秋天的传奇

我也告诉她

昨夜我像夸父一样不停地奔跑

只想抓住太阳的一只手腕

攀向光明的崇高

一如我在飞机上

透过舷窗看到的

没有雾霾，没有云朵

甚至连自己的影子也无处寻找

蓝色的浩瀚

让一切变得渺小

太阳是一颗对我温暖的星星

星星是太多对我冷漠的太阳

世间缘分最重

何必在意无谓的喧嚣

2018 年 11 月 11 日　北京家中

情见乎辞

悬铃木下的偶遇

大学初上的那个暑假

我们偶遇在滕城的一条街巷

最初的心跳

恰似校园里曾经有意无意的避让

悬铃木的枝叶垂下好多果球

也垂下一路阴凉

你脱去了蓝色的校服

换上军校绿色的夏装

清纯的面孔

像荷叶擎托的莲花，浮动着暗香

修长的四肢

像碧水掩映的莲藕，荡漾着飒爽

你的脚步里有几分自信，几分自负

我飞快地思量

我的心里有几分渴望，几分失望

不敢对视你的目光

多少伊人，在水一方
多少往事，付诸忧伤
依然记得你彼时的秀发
却不知
你今在何处，是否无恙

2019 年 6 月 12 日　下班地铁

世界的声音

这个世界的声音太多太多，

却只有一种最让我欣喜若狂。

就是回家推开房门的瞬间，

儿子在客厅里高亢地呼喊：

"爸爸！"

那一刻啊，我是世界上最被需要的人！

这个世界的声音太多太多，

却只有一种最让我急不可耐。

就是下班拥挤在地铁里，

儿子在电话中娇嗔地叮咛：

"爸爸，你快点回来呀！"

那一刻啊，我是世界上最受期待的人！

这个世界的声音太多太多，

却只有一种最让我开怀而笑。

就是值夜不归的时候，

儿子在语音里认真地盘算：

"爸爸，我有点儿想你！"

那一刻啊，我是世界上最靠近幸福的人！

这个世界的声音太多太多，

却只有一种最让我感极而泣。

就是在我远行出差的时候

儿子在视频中动情地嗫嚅：

"爸——爸，我——好——想——你！"

那一刻啊，我是世界上最无怨无悔的人！

这个世界的声音太多太多，

也许我已经真正老去，

对所有的嘈杂都毫不在意

也许我还没有完全老去，

我的心尚如此细腻敏感，

儿子的声音对我永如天籁！

2019 年 9 月 20 日　下班地铁

螺蛳粉，与佳人共享

久违了

还是一例螺蛳粉

大碗，微辣

红、黄、橙、绿

那样地色彩斑斓

像许多个昨天一起绽放

辛鲜、酸爽

陪伴过多少个孤独的从前

时光如水

在船上刻记的楚国人失望了

他没有如期找到坠落的爱剑

我却意外地收获满满

对面共享的白衣姑娘呀

何必如此匆匆

慢慢雕琢你的当下吧

纵使明天走得再远

也绝不遗失每一个美丽的过往

2019 年 8 月　北苑螺蛳粉店

情见乎辞

吾儿，为父是一棵树

吾儿

为父是一棵树

我在泥土里所有的摸索和汲取

我在阳光下所有的吸纳与吞吐

我在风雨中所有的坚持与抗拒

都是为了有足以参天的高大

这样，你就可以在我的身躯上

凿出你想要的方舟

然后尽力划吧

向着你渴望的彼岸

不要回头

那些剩下的木屑

只是无用的皮囊

我的心将与你永在

2019 年 12 月　山西五台山出差返京途中

股票涨停，就像突如其来的爱情

我的股票，涨停了

一个，又一个

可能还有

每天开盘就封死，

价格是条高悬的直线

像一类心电图

原来幸福那么单调

一直在渴望

却没有任何征兆

没有祥瑞，没有异象

有人放弃了

说了很多理由

我相信最初的自己

也多次被拒绝

却绝不走开

像守着爱恋一样

等待突如其来的爱情

2019 年 12 月 13 日　北京金融街

向日葵的忏悔

火焰一般的花瓣

簇拥着圆盘似的笑脸

却只是向着太阳，从东到西

难得一顾脚下的土地

还想腰杆挺得直些，再直些

总想离天空更近

直到凋了谢了，枯了萎了

才深深地垂下头

在风中忏悔

年轻的时候

我胸间燃烧着炽热的激情

一心想着远方

再不像孩子那样

喜欢紧紧攥住父亲的大手

在冬天

那双摸过我脸蛋的温热的大手

那双擦过我鼻涕的麻利的大手

后来，我也有了儿子

我们一起跪在父亲坟前

不知簌簌流下的眼泪

能否穿透泥土

洗亮他浑浊的眼睛

2019 年 12 月　山西太原出差途中

数鸟窝的孩子

驾车，驶过北京的冬天

儿子坐在后排

盯着窗外光秃秃的树枝

开心地数鸟窝

十五、十六……

想起小时候

回家的乡间小路

趴在父亲背上

手指着夜空，数星星

三颗、五颗……

2020 年 1 月 4 日　奥运村鸟巢西侧

触摸划过你的身体

电子书太轻浮

我还是喜欢纸质书

看到中意的

就买下来

哪怕花掉微信钱包里

最后的零钱

绝不去借

有时直接跑到西单图书大厦

就像一场网恋

约会的日子等不到明天

我喜欢捧着它们

躺在床上

用蓝色的签字笔

在字行间轻轻画过

似乎这样

才算读过

就像深爱的女人

抚过，吻过

才算拥有

2020 年 2 月 11 日　北京家中

我只是你一次短暂的拥有

你在熙熙攘攘中选择了我
也许只是源于仓促一瞥
谈不上爱，甚至无关喜欢
你如此包容
不问我的出身，还有过往
甚至不问我的未来

你不会为我投入太多
我只是你一次短暂的拥有
如果能够
甚至不需要一个夜晚
我鹰击长空，你自然欣喜
我鱼翔浅底，你自然烦忧
可是，你在乎的并不是我
而是你的收获，和经历

为了留住你

我完全可以自暴自弃

我知道

伤害，深深的伤害

会让你驻足

可是，又何必呢

我的年华

要留给那些知我懂我的人

不需要终生，更不需要永远

一段忠贞的厮守之后

我会在绽放中

目送他离开

2020 年 3 月 25 日凌晨　北京金融街

生活是重情的女子

不要抱怨，更不要怀疑

每个人的生活

都是重情的女子

如果觉得她爱你无多

肯定是因为

自己付出不够

2020 年 8 月 18 日　北京家中

九月，德胜门外

九月的第一天，稠密的枝叶间
早起的太阳也探头探脑
和围在校门口的家长们一样急切
就像入学的不是孩子
而是他们自己

儿子的书包鼓鼓的
里面显然不仅仅是书
比起当年母亲手缝的布兜
它注定要容纳和背负更多
我甚至不敢注视儿子
只怕充满期望的眼神
让他小小的肩膀尤觉沉重

这是德胜门外的一条胡同
旁边高大的城墙早已无存
护城河还在

只是瘦了很多

碧绿的河水闪着深邃的目光

告诉我，从这里

永乐大帝，曾经挥师漠北

康熙大帝，曾经出征噶尔丹

还有一位有志少年

刚刚启程明天

2020 年 9 月 7 日　北京德胜门外

今夜，我只有你

你如往常一样寂静升起
像花瓣无声地凋落后园
我卸下生活的重轭
特别地凝视你

我的眼睛仰望夜空
努力分辨你的面孔
你的目光穿过苍穹
却轻易地触及我心

你沉默
因为你无话可说
我无语
因为有太多话要说

今夜
我只有你

即使你高高在上

属于万人

2021 年中秋节　北京家中

想起老爹的数落

疫情居家的日子
除了做核酸
几乎足不出户
晚睡晚起
起来就吃早饭

想起四十年前
老爹在屋檐下擦锄头
斜着白眼
数落旁边的二哥
下了床沿儿，摸碗沿儿

那时，他刚刚失学
也就十四五岁
睡眼惺忪的少年
碗里不过是
稀拉的红薯玉米糊糊

2022 年 11 月 13 日　北京家中

写给父亲的诗

小时候

大人让喝水

总是说不要

大人让穿衣

总是说不要

大人让回家

总是说不要

反正说再多的不要

大人还是会

把水递到嘴边

把衣服穿在身上

把自己拖曳回家

年轻的时候

碰到不错的女孩子

还不确定是否真正喜欢

就会去追

反正未必追得上

即使追得上

也未必在一起

即使在一起

也未必谈婚论嫁

即使谈婚论嫁

反正自己一无所有

还早着呢

直到父亲八十岁

再次病危

市立医院里

医生摊着手：

老人长期心衰卧床

还有糖尿病

下肢坏死

如果截肢

或许还有一线机会

如果不截

只在旦夕之间

那一刻

我的眼泪顿时涌出

这个极度虚弱的硬汉很多次说过

小车不倒就往前推

小车倒了

扶起来还要往前推

这一次，他的"车"又倒了

可是，他将再没有力气扶起

那一刻

我多想再任性地说一次不要

多想再次不负责任地想做就做

可是必须选择，必须马上

十六年过去了

常常看到

父亲高高的，背着手

大步朝我走来

常常看到

父亲瘦瘦的，弯着腰

在地里不停忙碌

常常看到

父亲仰躺着

床头那边

是他跷起的脚掌

2022 年 12 月 3 日　北京家中

把年轻的自己给了每一个你

亲爱的们

请原谅

我当年远未成熟

可是好幸福

我把年轻的自己

全部给了每一个你

2023 年 2 月 7 日　北京大望路

图书在版编目（CIP）数据

奔走在金融街的地蛋 / 张贻伦著 . -- 北京：作家出版社，2024.1

ISBN 978-7-5212-2582-2

Ⅰ.①奔… Ⅱ.①张… Ⅲ.①诗集－中国－当代 Ⅳ.① I227

中国国家版本馆 CIP 数据核字（2023）第 213171 号

奔走在金融街的地蛋

作　　者：张贻伦
责任编辑：向　萍
助理编辑：陈亚利
装帧设计：孙　初
出版发行：作家出版社有限公司
社　　址：北京农展馆南里 10 号　　　邮　　编：100125
电话传真：86-10-65067186（发行中心及邮购部）
　　　　　86-10-65004079（总编室）
E-mail:zuojia @ zuojia.net.cn
http://www.ZUOJIACHUBANSHE.com
印　　刷：河北京平诚乾印刷有限公司
成品尺寸：130×202
字　　数：90 千
印　　张：7.125
版　　次：2024 年 1 月第 1 版
印　　次：2024 年 1 月第 1 次印刷
ISBN 978-7-5212-2582-2
定　　价：56.00 元